푸른 음표 하나 바람이 될 때

지혜사랑 306

푸른 음표 하나 바람이 될 때

홍정숙 시집

지혜

시인의 말

시를 쓰는 동안
나는 오래된 기억의 방에 들러
숨결 하나, 마음 하나씩 꺼내놓았습니다
상처는 시가 되고
아픔은 바람이 되기를 기다리며
내 안의 시간을 오래 견뎠습니다
묵은 침묵을 불러내는데
십 년이 걸렸고,
말하지 못한 마음들이
음표처럼 하나씩 찍혀
마침내 시가 되었습니다
그 작은 울림이
누군가의 마음에
잠시 머물 수 있다면 기쁘겠습니다
이제, 다시
쓰는 삶을 멈추지 않겠습니다

2025년 봄
홍 정 숙

차례

1부

2부

3부

4부

1부

생은 쓸수록 닳는다

백양나무로 만든 연필을 깎는다
모래막이숲에서 나무 한 그루 처형한다
모래바람이 백양나무 잎을 때리는
비명의 중심을 파내려간다

혼돈의 결정체가
천도 이상의 높은 열에 단련을 받고
생각이 형체 없이 녹아내린
캄캄한 막장에 닿는다

비밀의 통로를 채운 숲은 숯처럼 부서진다
울컥, 바람소리를 토하는 모가지를
서늘한 칼날이 지나간다
비스듬히 칼등을 미는 손가락 끝에
나무의 저항이 팽팽하다

생은 쓸수록 닳아서
마침내, 몽당연필처럼 버려진다
온몸으로 쓴
지울 수 없는 문장이 난감하다

담쟁이 가계도家系圖

고속도로변 방음벽을 온몸으로 기어가는 담쟁이를 보았다
마디마다 꼬부라진 손가락들이
절벽을 움켜쥐고 떨고 있었다
실금 간 벽 속으로 굳은살 밴 손톱을 디밀고
내일에 닿으려고 안간힘 쓸 때
손톱마다 붉은 심장이 돋아

서로 밀고 당기고 붙고 휘어지며
핏줄처럼 얽힌 길 위에서
바람의 갈기를 휘어잡고
한 뜸 한 뜸 포복으로 살아남은 이유가
가계도가 될 줄을
담쟁이는 알았을까

저, 푸른 촉수에서
무한 계보로 뻗어나간 피의 소용돌이를 보아라
항렬도 없이 치열하게 살아 낸 길들이
한 그루 층층나무처럼 바람에 흔들리고 있다
핏줄들이 벽 한 채를 숨결로 어루만져 일가를 이루는 동안

담쟁이는 쓴다,
벽은 절망이 아니라 온몸으로 열어 나가는 생의 함성이다

벽이 끝나는 곳에서
푸른 연대의 본능이 잎과 입 사이를 좁히며 날개를 키울 때
담쟁이는 걸음을 멈춘다
붉게 물든 입술들 훨훨 벗어버리고
얼음의 시간 앞에 선다
먼 기억에서 출발한 떨림으로
모든 핏줄의 문이 열린다

사과꽃이 있는 풍경

소용돌이치는 좁은 수로 물소리를 따라가면
둥그런 과수원 한 채 있었지
탱자나무 울타리가 가시눈을 뜨고 있는 옆구리에서
웃음 많은 처녀들이
꽃잎을 수놓듯
한 무더기 사과꽃을 솎으며 유행가를 불렀지

잉잉거리는 꽃벌의 상대는
연분홍 꽃물이 든 손가락이지만
노랫가락을 물고 날아오르다 기우뚱,
한고비 웃음소리는 새소리 닮았지
사과꽃잎도 아지랑이에 미끄러지며 바람을 밀어서
음표를 입에 문 채 둑 아래 밀밭들
푸른 악보 위를 내달렸지

지저귀는 물소리, 웃음소리와 멀어져
적요한 과수원을 돌아보면
순백의 사과 어미들 화관을 쓰고
실핏줄까지 투명한 낮달을 안고 따라오고 있었지
꽃내음 눈부셨지

지렁이

풀밭을 빠져나온 지렁이 한 마리
힘없는 알몸을 숨기지 못한 채
보도블록 위로 안간힘 오른다
몸을 구부리며 S.O.S 문자를 찍으면

어디선가 종이 울리고
개미들 줄지어 달려온다
유언을 읽듯 지렁이를 감싸며
흙 알갱이를 물어와
둘레에 성을 쌓는다

여기 한 생,
흙만 먹고 흙을 누며
그 흙이 풀꽃과 나무의 젖줄이 된
벌거숭이 은둔의 몸 한 채
흙의 S. 성자聖者 라고 읽는다

물방울 우주

비 오는 날 처마 끝에
투명한 둥근 단추들이 총총 돋는다
단추가 단추에 포개지더니
떨어진다

처마 아래
단추들이 파 놓은 단추 구멍을 꿰며
단추들 채워진다

비가 그쳐
처마 끝 단추 다 떨어져나가도
앞섶이 펄럭이지 않는 것은
우주가 채운 단추로 집이 여며졌기 때문

개미집을 밟다

풀잎에 가려진 개미집을 밟았다
흙 알갱이 탑이 푹 꺼졌다
몸을 동그랗게 말아
허공을 더듬는 개미
비명과 발버둥이 두근거려 뒷걸음치다가
한 기억을 밟았다

결혼식을 사흘 앞두고
갑자기 돌아가신 어머니의 부음
꿈이었으면 좋겠다, 꿈이기를
무너진 개미집처럼 허둥대며
캄캄한 낮을 밟은 날이 있었다

아름다운 감옥

꽃벌은 저물녘 문을 여는
분꽃 살내음에 이끌렸다
긴 목선을 따라
노란별 흩뿌린 향의 길을 더듬어
향기로 짠 방에 닿았다

꽃방은 창이 없고
진분홍 치맛자락이 하늘을 닫고 있었다
꽃벌은 날개대신 부드러운 솜털로
분꽃 향을 찍어 사랑을 버무리다가
그만 오므린 향주머니를 터뜨리고 말았다

꽃벌은 향기에 취해
아름다운 감옥을 가졌다

허물

허름한 옷 한 벌 널브러져 있다

한 자루 육신을 벗는다

벗을수록 쌓이는

조각조각 이어붙인 너덜너덜한 변명들 길고 길다

Delete

Delete을 누르면
비명 한 마디 지르지 못하고
망각의 강으로 떨어지는 문자들

서대문형무소역사관 사형장 앞에 서 있는
통곡의 미루나무는 온 몸으로 증언한다
손톱 밑에 바늘을 받은 손가락들이
나무판에 촘촘히 박힌 못 위를 걸어간
발바닥을 기억하듯

미루나무는 가을 하늘 속으로
피 묻은 목을 내놓고
바람이 Delete 키를 누를 때마다
손바닥에 새겨 넣은 암호를 땅으로 보낸다
발아래 수북이 쌓인 피멍든 문자를 해독하다가
눈물나무 아래서 하늘을 본다

대나무

바람이 사는 대나무 울이 있는 집
사립문을 밀고 들어서면
쏴, 쏴, 쏴 외치는 대나무는
발가락 몇 마디를 땅 위로 밀어 올려
은밀히 침투 중이다
대밭을 나와 뜰을 가로질러 캄캄한 방고래를 지나서
구들장 틈을 뚫으려고
죽순의 선발대가 골다공증을 앓는
빈 집 천장을 쳐다본다
굽은 노구를 더듬으며 시간의 살을 꿰는 중이다

사랑

유리병이 깨졌다

자기를 허물어 피투성이

산산조각 파편이 낙하점에서 멀어져

아찔한 중심을 보고 있다

아니다, 외면하고 있다

은밀한 전쟁 중 너는 건드려졌다

날카로운 파격이 빛난다

비명이 긋고 간 푸른 실핏줄

깨어져야 살아나는 눈빛이 있다

짐볼

둥그렇게 오므린 속마음을 어떻게 알 수 있을까요

방심했다간 한순간에 튕겨져 나동그라지는

배신은 늘 있게 마련이죠

누구도 자기 안의 표정을 읽지 못해요

다만 옆구리를 잡고 출렁거릴 뿐,

저항의 그 억눌림

흰 등이 사무쳐요

폐선

갯벌이 소금 배 한 척 물고 있다
해무海霧에 길을 잃고 갯골에 붙잡힌 뒤
물컹한 잇몸에서 벗어나려
배는 얼마나 몸부림을 쳤을까

이물은 흩어지고
고물은 헐거워져 널부러졌다
늑골 틈에 조개와 게들이 집을 짓고
비린 혀를 탐하는 새들의
붉은 저녁이 돌아오면
갯벌은 웅크린 상처의 뿌리를
더 깊이 들이킨다

그럴 때마다
배는 지느러미를 흔들며
바다로 가는 꿈을 꾼다
질퍽한 갯벌장의 육자배기 가락 대신
울컥, 생목을 쏟는다

애증에 절은 반평생
틀니처럼 버려져 있다

철쭉 한잎

도서관에서 시집을 빌렸다
작은 철쭉 한잎이
책갈피 대신 납작 엎드려 있다
누군가 이 시를 철쭉꽃 옆에서
가슴에 품었나보다

보내지 못한 사람을
마음에서 놓아주며
시집 속에 대신 두고 갔나보다
그 사람이 밟고 갔을 맨발 지문이
잎맥 속에 어지럽다

이 세상에 영원한 것은 없다고
가슴 쓸어내렸을 마음 한잎이여
흐느끼며 뒤척이다
잎맥 속 그리움 다 빠져나오면

우두커니 봄,
철쭉 한잎

보리 파종

보리 파종을 마친 논이랑을 메우는 써레 위에 돌멩이 대신 앉았어요 "이랴, 어디어디" 소 목 끈을 이리저리 치는 아버지를 보았지요 보리가 겨울을 나려면 이랑위에 흙을 덮어주는 이 작업은 눈썰매처럼 호사가 좋았습니다 몸무게가 무거우면 소가 힘들고, 너무 가벼우면 흙덩이를 부술 수 없으니, 내가 딱 적당한 무게였겠지요

아버지도 써레 위에 어린 딸을 꽃처럼 앉혀놓고 지나가는 사람들의 눈길을 받는 게 좋으셨던 걸까요 어쩌다 써레 틈에 발이 빠져 발가락이 접질릴 뻔 했지만, 느린 소걸음 덕에 얼른 올려놓았지요 날 선 바람이 머리카락을 하늘로 말아 올리던 늦가을, 두둑의 큰 흙덩이를 넘을 때면 엉덩이를 조금 들어 올리던 느낌 지금도 생생해요

그해 보리 파종이 아버지 생애의 마지막이 될 줄 몰랐어요 얼마 뒤 아버지는 말기 간암 판정을 받고, 육 개월 시한부 삶을 사셨지요 삼오날이 보리 환갑이라 불리는 망종이었어요 그날, 바스러지는 보리를 추수하러 온 식구들이 논에 갔어요 예년에 없던 보리 풍년이 들었지요 아버지가 곁에 계시지 않아도 배고프지 말라는 듯,

2부

사진

두 분이 함께 찍은 사진이 없어
사십 대 아버지의 흑백 사진 옆에
육십 대 어머니의 흑백 사진을
한 액자 속에 나란히 모셨다

중절모에 짧은 콧수염,
주름 하나 없는 목선의 아버지
이 사진 한 장만 남기고 떠나셨다
눈가 주름이 말 없는 말을 대신하는
이가 빠져 합죽해진 어머니의 입술,
두 분은 모자지간처럼 보인다

정면으로 자주 부딪히시던 두 분
술 못 들게 막는 어머니와
소리 없는 충돌이 잦았고
때론 모서리가 깨지는 날도 있었다
사진 속에서도 두 분은
정면을 응시하고 있다

하고 싶은 건 꼭 해야 했던
성미 급한 아버지 어깨 앞으로
차분한 어머니의 오른팔이 나와 있다

그 어깨와 팔의 능선을 바라보기만 해도
문득, 포근해 지는 날이 있었다

소엽풍란

분쇼을 쏟아 뿌리가 감싸 안은

어린잎을 살펴보다가

저 홀로 숨을 놓고 똑, 떨어진 소엽풍란 한잎

노랗게 말라가도

떨어지지 않으면 살아있다

방금 전 숨결이 닿았던 자리에

살내음 향긋하게 남아있다

생장점에 물 오른 뿌리를 감싼

잎들의 웃음소리

물든 한잎 내려앉았을 뿐인데

초록의 속말조차 모사품 같을까

결석結石

몸의 계절이 바뀌자
등허리가 수상했다
내 안을 흐르는 물길 어디쯤
내가 던진 돌이 돌아와
몰래 자라고 있었다

돌은 물을 안고
소용돌이치다가 넘치며
비명을 질렀다
그때마다 나는 쓰러지고
뒹굴다 일어나보면
낯 선 자갈밭에 앉아 있었다

어느 날, 물가에서
물수제비 뜬 적 있다
물을 긋고 물구나무 선 돌이
내 안에서 반짝인다

석공이 쇄석을 하듯
딱, 딱
윽박지르는 쇳소리 파문이
뼈를 가르듯 내 안에 퍼지고 있다

비닐의 춤

한때 내 꿈은

춤꾼

지금은 전신주에 붙잡혀

바람과 함께 펄럭이고

바람과 함께 잠들지만

당신에게 묶인 나의

홀로 추는 춤

새파랗게 말아 쥔 손아귀 놓치고

둥실, 떠오른다

!

하나 날아간다

민들레

바람이 분다

흰 날개 사이로 드러난 발끝이 화르르 설레다

허공이 열리다

너무 멀리 가지 마라

아득하게 참 아득하게

따라오며 손짓하던 그 말

어디에 도착할지 나도 모른다

우리는 어쩌다

꽃 한 송이 피우는 일로

모두 백발이 되었을까

강아지풀

지하철이 들어온다
철로 사이 강아지풀이 일어나 어쩔 줄 모른다
누가 뭐라 한 것처럼 지하철을 향해
굽신굽신 허리를 꺾다가
다시 제 그림자 속으로 웅크린다

저 습관적 반복,

어디서 본 적 있다
꽃이 있는 곳으로 몰려가는 바람처럼
굽신거리는 사람들
표정을 들키지 않으려
상투적으로 허리를 휘며
열매를 향해
굽신굽신 더 깊이 휘어지는
오늘의 강아지풀

씀바귀

입동날, 이팝나무 발치에
씀바귀 소복하다
겨울을 살아본 내가 묻는다
"어쩌려고 그러니?"
추위쯤은 아무 것도 아니라며
고개를 살래살래 함께 저어 보인다

씀바귀는 '우리'라는 끈으로
자신을 동그랗게 묶는다
우글우글 왁자지껄 체온을 나누며 견디지만
어쩌다 호미 날에 뽑혀 뿔뿔이 흩어지고
가시덤불 아래서 마주치기도 한다
쇠비름과 자리다툼을 벌이는 것을 본 적 있다

혼자 힘으로 끝내 살아남는 것,
그것이 씀바귀의 정신이다
칼바람에 엎드리고
얼음 속에 갇혀 혀가 굳어도
얼다가 녹다가 혼절하면서도
끝내 고갱이 한잎
혼미 속에서 깨어나
태양 닮은 꽃으로 세상을 밝힌다

두꺼비

흐린 저녁, 비구름 몰려온다
두꺼비 한 마리 비 마중 나왔다

울퉁불퉁 등에 진 신비함으로
나뭇잎을 뒤집는 바람의 갈퀴손을 궁리하고
물동이 이고 오는
먹구름의 숨소리도 가르며
제일 빠른 걸음으로, 느릿느릿
회양목 밑으로 기어든다

잠시 헐떡이는 잎들
세상은 못 본 척 지나치지만
두꺼비는 잔가지 사이에 웅크려
먹장구름을 두근두근 재고 있을 것이다

먼지 냄새를 풍기며 빗방울 떨어진다

장마

갑작스러운 젊은 죽음을 조문하고

집으로 돌아오는 길목,

자작나뭇잎 한 장이 비에 젖고 있었다

장마철에 단풍이라니

주울까 말까 망설이다가 손에 들었다

녹색 위로 노랑이 번진 그 잎은

염색한 머리를 빗어올린

영정 속 청년의 심장을 닮았다

저토록 싱그러운 잎을

느닷없이 단풍 들여놓고

오래, 우는 날이 있다

탁발

베트남 하롱베이에서 보았다
해는 구름에 갇혀 떠오르지 않는 막막한 2월
그럼에도 야자가 익어가는 아침이었다

가게 앞, 머리를 곱게 빗은 한 여인이
두 손을 높이 모았다가
연신 허리를 숙이며 절을 올리고 있었다

그녀 앞에 선 반라의 스님은
목탁을 탁 탁 두드리며 독경을 하고 있었다

사람들은 자기 집 앞이나 가게 앞, 거리를 습관적으로 쓸고
건기의 막바지 흙먼지가 소문처럼 일어났다 가라앉곤 했다

여인은 경전을 머리에 이듯
항아리를 높이 들어올려 예를 표한 뒤
스님의 발우에 우루루 쏟았다

어머니의 소금

배춧잎에 소금을 뿌리면
시퍼렇게 저항한다
짠 빛 알갱이들이 뭉그러져
배추를 끌어안는다

서로의 숨결이 스며들어
한 몸이 되기까지는
시간이 필요하다

어머니는
내가 속 찬 배추처럼
생각을 괄호로 묶으려 할 때마다
소금을 팍팍 치셨다

내가 사람들 앞에 나서지 않는 것도
목소리가 작은 것도
그 짠 말들이 한몫 했으리라

소금을 맞고
한 몸이 되기도 전에
어머니 떠나셨기에
늘 짜기만 한 생의 갈증 속을 걷고 있는 나를 본다

감자무지

쑥부쟁이와 달맞이꽃, 개망초, 패랭이꽃이 **빽빽**한 이 냇
가에 봄부터 늦가을까지 소를 풀어놓고 우리는 패랭이꽃을
보러 다녔어요 그러다가 미루나무 그늘을 따라 자리를 옮
겨가며 공기놀이를 하다가 출출해지면 감자무지를 하자고
집에서 감자를 가져왔어요 탁구공만한 감자에 손칼로 줄
하나, 줄 둘 자기만 아는 표시를 했지요 나는 불을 지필 때
쓸 삭정이를 주우러 다녔어요 냇가에는 지난해 홍수에 떠
내려 와서 걸린 나뭇가지들이 많았어요 여자 아이들이 자
갈을 주워오는 동안 남자 아이들은 냇가 바닥을 손으로 파
내고 주워 온 자갈을 깔아서 터널을 만들었어요 감자를 그
안에 차곡차곡 넣고 자갈 한 층, 모래 한 층, 그 위에 풀을
덮었지요 불을 지펴 돌이 달아올라 그 열로 우리 **뺨**이 익을
때쯤 풀 위에 모래를 끼얹어 불을 끄고 뜸을 들였어요 감자
무지 주위에 빙 둘러앉은 희고 검은 춘궁의 고무신 코들, 빛
나던 숯검정이 얼굴들

풍장風葬

버스정류장 나무 의자에
매미 한 마리 홀로 입적하셨다
툭 튀어나온 눈
감은 듯 뜨고
그물 날개로 스스로 염하다

제 목소리를 얻기 위해 묵언 십여 년
침묵도 세월을 품으면
허물을 벗고 득음에 이르지만
슬픔이 북받치면 오래 울 수 없다

바람이 꽃잎을 물어가듯
매미를 감싸고 바람이 맴돌다

춘분

녹동 할매가 평상에 마늘 자루를 들고 나왔다 마실 나온 할매들 둘러앉는다 "동지 지나면 하루해가 노루꼬리만큼씩 길어진다는데 놀면 뭐해, 죽으면 썩을 몸인디" 붉은 양파 망에서 꺼낸 마늘은 할매들 얼굴처럼 푸석푸석하다 "이 마늘도 피둥피둥 할 때가 좋았제 춘분 지나면 마늘도 환갑이라우" 더러는 가슴이 미어져 썩은 마늘도 있고 제 안을 졸이다가 미라가 된 마늘도 있다 녹동 할매는 껍질을 벗기다 젖니처럼 새뜻한 마늘 촉을 들여다본다 "나도 이렇게 이쁠 때가 있었다우 글쎄 서방이 장에서 갑사댕기 한 감을 끊어다 줬는데 시누이년이 어찌 알고 빼앗아 갔지 뭐여 얼마나 서운하던지" "그때는 다 그랬지" 백여시 같은 시누이, 매운 시집살이도 이제 헐거운 시간 앞에선 양념이 되다니 휘어진 등에서 등으로 퍼지는 춘분의 햇살 뿌리 튼실하다

3부

코티 분

타지로 떠돌던 팔주 아버지,
삼년 만에 집에 젊은 여자를 데려와
야반도주 한 후 돌아오지 않았다

그 여자,
우물물 길어오면
본처와 사춘기 자식들이 우물처럼 둘러싸고 첨벙거렸지만
돌담에 엎드린 쇠비름처럼
조용히 뿌리를 내렸다

검은 쪽진 머리,
치자 꽃이 스민 듯한 입술
사람들은 폐병 앓는다며 수군거렸다
들어온 지 반년 만에
피를 토하고 죽었다
아무도 울지 않는 상갓집

이장이 동회洞會를 열어
마을 사람들이 십시일반 장례를 치르던 날
도랑에 버려진 코티 분과 볼연지,
산산이 부서진 화장거울
사랑 받고 싶던 마음이 스며든 분첩 위로

앵두꽃 살구꽃 복사꽃잎이
코티 분 향기로 분분히 흩날렸다

꽃들이 한꺼번에 피는
꽃샘바람 부는 날이면
그 여자 살 냄새 풍겨온다

마두금

고비사막 모래 언덕
숨결을 말아 올리던 사막 바람이
어미낙타 쌍봉에 걸린 마두금을 켠다
소리 알갱이들이 가슴을 비벼 내는 울음으로
고비의 잔물결 높아지고 있다

어미낙타가 언덕에 멈춘다
난산 후,
새끼에게 젖을 주지 않던 어미
주인의 젊은 아내는 목덜미를 쓰다듬으며
마두금 가락에 기대어 노래를 건넨다

산고産苦로 지친 너의 몸
젖몸살까지 안고 있는 너의 아픔
나는 안다, 안다고
산고의 고통을 아는 몸만이
비린 날개를 펼쳐 부를 수 있는 노래
바람의 절벽을 갈고 있다

어미낙타가 돌아보며 운다
젖은 속눈썹 아래
새끼가 조심조심

하나씩 젖꼭지를 찾는 중이다
눈물 젖은 마두금 소리에
고비의 잔물결이 출렁인다

부활절

너와 다투고 돌아눕는 등 뒤로
차마고도 계곡을 소용돌이치며 흐르는 물소리 듣는다
나이 들어 갈수록 의심의 싹이 자라
뒷목을 잡게 하는
오래 된 버릇 고쳐주고 싶었다

"그건 네 욕심이야"

"그래, 그렇게 하다가 죽으면"
그 말끝에 아무 말 없었다

사순시기가 되면 감자에 싹이 나 박스를 채우듯
싹을 떼어내면 덩굴이 나왔다
화해하기 싫어서
고백성사를 못 봤다
불 꺼진 부활초 앞에 혼자 불똥처럼 남았다

북산집

강원도 춘천시 온의동에
북산집이 있다
예순 해를 한 자리에 묵은
서향옥 할머니의 손맛이
촌떡과 장떡, 올챙이국수, 메밀전, 녹두빈대떡을 익힌다

밖에서 보면 허름해
눈에 잘 띄지 않지만
안으로 들어서면
잔칫집처럼 북적인다

지문이 닳은 손가락
툭 툭 튀어나온 관절
가운데 움푹 팬 나무도마
 그 도마에 맞춤 닳아버린 칼날이
어쩌면 이 집의 진짜 주인들이다

장년이 된 아들 내외가
노모의 잔소리를 받으며 장사를 거든다
할머니는 여전히
마음에 차지 않는 눈치다

>
"메밀전병의 소를 듬뿍 넣어야지,
속을 보고 먹는 음식인데
그래서 늙은 내가
전병을 도맡고 있지 않우"

그 도마와 칼의 시간 속에는
나무 한 그루가 칼을 받아낸 비명과
제 살을 저며 고명처럼 얹어
먹여 살린 세월이
보시처럼 스며있다

흠다리 고구마

흠다리 고구마를 샀다
굼벵이는 먹이의 명품을
본능으로 알아본다
농약과 거리가 멀어 보여서,
어머니의 마음을 파먹던
예전의 나를 본 것 같아
뜰이로 데려왔다

오물거리며 갉아먹은
움푹 파인 자국,
눈물의 흔적을 들여다본다
한쪽은 붉은 맨살,
다른 한쪽은
바닥까지 내려놓은 통증
깊고 선명하다

수반에 물 채워 고구마를 올려두었다
시간의 실뿌리 깊어지고
빛 쪽으로 잎사귀가 걸음 옮긴다
흉터를 감싸안는
무성한 생명의 손길

밥차 앞에서

밥차 앞, 선착순 줄이 길다
한 시간 먼저 온 남자 얼굴이
밥알처럼 곤두서 뜸들고 있다
늦게 온 누군가 새치기 할까 봐
줄 밖으로 삐져나온 눈에
불이 켜진다

식판을 받아든 남자가
"밥, 많이요" 한다
밥을 받는 손목에
도드라진 혈관이 울퉁불퉁하다
국에 밥을 말아 넘긴 그 남자
슬그머니 뒷줄 끝에 다시 선다

어디서 받아온 걸까
짊어진 가방 모서리에 매단
라면 두 봉지
역 앞이나 성당을 찾아오는
밥차 시간표를 꿰고 있는 남자
기다리는 연인을 만나러 가듯 서두르는데

종점

너를 보내고 무작정 지하철을 탔다
종점까지 가면서 생각했다
처음부터 만나지 않는 철로처럼
우리는 만나지 않을 이유가 많았다

터널 속을 지나며
맞은편 창에 비친 내 얼굴이 낯설었다
홀로 궤도를 도는 떠돌이별 같았다

상처의 무덤을 열고 피는 꽃
얼마나 더 막장을 향해 덜거덕거려야
보라수국과 같은 화해의 꽃이 피어날까

주머니 속 전화벨이 숨죽여 울다가 멈춘다
종점은 끝이 아니라
다시 시작하는 첫 역이었다

양말 인형*

줄무늬 양말로 고양이 인형을 만든다
무심한 양말 뒤꿈치는
바늘과 실을 만나면서
고양이 얼굴을 닮아간다

정수리 터진 구멍으로
소문처럼 부푼 솜을 채워 넣는다
귀가 소리를 따라 자라난다

눈이 들어설 자리에
한밤 아기 울음 물고 다니던
고양이의 눈빛이 스며든다

입이 붙을 자리에
다리 사이를 감던 길고양이 새끼를 달랜 기억이
줄무늬만 남긴다

그러나 다시 보면
뒤꿈치가 닳도록 살았던 날들이
핏발 선 눈과 수군거리는 입이 되어
터진 정수리를 꿰맨다

>

때로는 말줄임표로 감출수록
더 살아나는 표정이 있다
어둠 속에서
네 마음이 더 잘 보이듯이

* 양말로 만든 인형.

시집 읽기

시집을 읽으려 엎드렸다
등이 무겁다
몇 편 읽다 뒤집어
등을 바닥에 내려놓았다

아파트 11층은 공중에 떠 있어서
바닥이라 부르기 어렵다
위에서는 누르고
아래서는 밀어 올린다

자세가 불편하니 시는 쉽게 읽히지 않는다
사는 일도 마찬가지
위로는 이해받기 어렵고
아래로는 난해하다
시 한편 읽는 데도
해설이 필요할 때가 있다
시집을 안고 일어나 앉는다

언제,
시집처럼
누군가를 그렇게
뜨겁게 안아본 적 있었던가

한 생각에 갇혀

호명산 오르는 초입에서
그물로 된 망 하나를 보았다
일행 중 한 사람이
뱀 덫을 놓은 흔적이라 말했다

늦가을,
바위산을 오르는 뱀의 습성을 아는 땅꾼이
미리 망사로 덫을 친 것이다

허물처럼 벗겨진 그물에
얼마나 맴돌았으면
그토록 너덜거리게 되었을까

한 생각에 갇혀
후진하지 못한 채
삶이 숨차다

소똥구리

소똥구리 한 마리,
소똥을 굴리며 간다
코끼리 발자국에 빠져
물구나무 선 갈퀴손, 뒹굴며

마사이마라 평원에
비 내린다
소똥이 풀뿌리에 주저앉는다
엉덩이 높이 쳐들고
다시 모으는 저 본능,

서로 나누고, 갈라서는 오늘
소똥구리 한 마리
누더기 지구를
온몸으로 밀고 간다

종기

가끔 뽁뽁이를 톡톡 터뜨릴 때가 있다
어렸을 때 부스럼이 곪아서
다리에 말이 서서 잘 걷지 못할 때
어머니는 고름을 짜야 새살이 돋는다고 하셨지만
나는 이명래 고약으로 종기를 달래고 싶었다

모내기 끝난 어느 저녁
저녁을 일찍 드신 뒷집 할배가 마실 오셨다
나무로 만든 안경집을 허리춤에 매단 할배를 보고 어머
니는
"야가 살 깊은데 곪아서 못 걷니더, 침으로 좀 따주이소"
했다

"그래, 아 좀 붙잡아봐라"
할배는 안경집 뚜껑을 열고
더듬더듬 침을 꺼냈다
정신이 번쩍 든 나는 도망치려 했지만
많은 손에 붙잡혀 억머구리처럼 울부짖으며 버둥거렸다

농익은 종기에 손이 닿자
화산처럼 고름이 터져
어머니 얼굴과 옷에 튀었다

\>

동그랗게 패인 흉터를 둘러싼
어머니의 목소리가 그리울 때면
나는 뽁뽁이를 터뜨린다
아팠지만, 다시 오지 않는 시간을
톡톡 눌러 짜는 날이 있다

첫눈

새로 맞춘 안경을 찾아서 끼고
첫눈 내린 길을 걷는다
올 때 본 거리 풍경이
낯설게 다가온다

나를 마주 오는 사람들
마스크로 표정이 가려지고
푹 눌러 쓴 모자 아래
구부정한 어깨는 등 뒤 하늘을 더 깊게 만든다

일 년 넘게 일상을 점령한 코로나로
사람들은 스스로 섬이 되었다
바다 속처럼 웅얼웅얼 멀미를 앓거나
겨울 산처럼 웅크려
헐벗은 나무의 어깨를 닮아간다

오늘은 대설이라고
하늘은 밤새 첫눈을 보내
녹슨 마음의 거울을 닦게 하지만
금세 녹아버린 눈을 보며
이 또한 지나가리라, 가리라 하지만

진흙 그림

비 온 뒤 골목에 작은 물웅덩이가 생겼다
대여섯 살쯤 되어 보이는 사내아이가
흙탕물에 잠긴 진흙을 건져
갓 페인트칠한 흰 담벼락에 그림을 그리고 있다

담벼락은 아이에게 펼쳐진 스케치북
까치발로 두 손을 뻗어
마음껏 상상의 붓질을 한다

옆 집 할머니의 야단으로 그림은 멈췄다
"댁의 벽이니 혼구녕을 내시오"
고인 물에 손을 씻고
아무 일 없었다는 듯 뛰어가는 아이 등 뒤로
진흙 그림이 마르고 있다

어른이 된다는 건
지나치게 남을 의식하는 일
나는 아직 마음 속 흙탕물에 시 한 줄 그리지 못하고
가라앉기만 기다리고 있다
두 손 가득 상상을 퍼 올린
그 아이, 내 마음의 스승이다

카레이츠*

아버지, 배고팠던 당신의 지게는
스탈린이 빼든 패권의 칼날 앞에 부서졌어요
얼어붙은 두만강을 건너
영하 사십도 연해주에 정착한지 반세기

폐허 위에 뿌린 씨앗의 봄이 오기도 전에
강제 이주 명령이 떨어졌지요
영문도 모른 채 끌려간 블라디보스톡역
그곳이 아버지와의 마지막 이별이 될 줄 누가 알았겠어요

블라디보스톡 역사 안으로 화물차가 들어왔지요
강제로 가축을 싣는 화물칸에 몰아넣고
중앙아시아를 향해 한 달을 달렸지요
굶고 얼고 병들어 죽은 카레이츠 시신들 사이
아버지는 하바롭스크에 버려지고
나는 중앙아시아 황무지 사막지대에 내던져졌지요

세상은 끝없이 흉흉해 지고

이제, 블라디보스톡역 육교 위에서
길커피를 파는
검고 긴 머리카락을 쪽진 나는

질경이처럼 뿌리 뽑혀도
다시 살아남은, 카레이츠입니다

* 러시아를 비롯한 독립국가연합에 살고 있는 한국인 교포들은 스스로
   를 고려인이라고 부른다.

시숙모 이야기

작은 아버지가 한때
농사는 돌보지 않고 화투에 빠졌을 때가 있었단다
칠남매를 먹이고 가르쳐야 하는 날들,
시숙모는 아무리 말려보아도 소용이 없었지

돈을 잃고 돌아온 새벽이면
논문서를 들고 나가곤 했단다
말려도 안 되는 일이라면
도와주는 수밖에 없다고 마음먹은 시숙모는
꽃싸움판이 벌어진 집을 찾아가
댓돌 위 꾼들의 신발은 모조리 엎고
작은 아버지 신발만 가지런히 놓았단다

 그날 새벽, 돈을 따서 돌아온 작은 아버지는
소를 샀고, 소는 새끼를 낳았지
시숙모는 캄캄한 삶의 절벽 앞에서
오직 한 컬레 신발만 바르게 놓았던 그 마음으로
소를 정성껏 돌보았단다

소가 새끼를 거듭 낳자
작은 아버지는 더 이상 꾼들과 신발을 섞지 않았고
명절날 자식들이 둘러앉아 내기 화투를 해도
작은아버지는 그 판을 뒤엎었다지

4부

시비詩碑 공원에서

안산호수공원에 시인들이 산다
어둑한 밤길, 별빛을 따라 걷다보면
시의 향기 진동하는 마을에 닿는다
망초꽃도 흰 깃털을 덮어쓰고
시인의 마을로 가고 있다
차갑고 딱딱한 비석에 갇혀있던 시가 손을 내민다

목월 선생님,
풀숲에서 경상도 가랑잎을 찾다가
청노루 눈빛을 빛내신다
두 손 가득 풀벌레 사랑노래 젖어 있다
이런 날 어찌 술 익는 마을이 남도에만 있겠는가

달무리 속에서 개가 짖는다
호수 위를 달리는 밤바람이
함부로 쏘는 휘파람을 피하며
향수를 달래시던 정지용 선생님
구절초처럼 사철 발 벗은 아내를 돌아본다

아, 지용성님 오밤중에 무어하는기요?
시비 귀천을 나비 날개처럼 접었다 펴시며
천상병 선생님 호기심을 켜든다

세상 소풍날 하필 궂은 날씨 만나서
우산도 마다하고 그 비 막걸리처럼 즐기셨다
문디 가시나야, 돈인나, 천 원만 내민 손 당당하다

꽃잠

벗나무 옆구리를 열고 나와서

하, 꽃잠 든 애기벚꽃

먼저 안아보고 싶어서

꽃 번호표 날리는

꽃가지들

꽃벌 한 마리 날갯짓 소리에

내가 왜 두근거리는지

달구지

백양나무 가로수 비포장 길을
장날이면 방앗간 달구지는 배달을 갔다
뿔이 괄호처럼 생긴 늙은 소는 걸음이 느렸다

포대 위에 앉은 할배의 속눈썹에는 사철 눈이 내리고
뺨에 밀가루 분칠을 한 채
언제나 졸음 겨운 큰 눈을 감은 듯 뜨고 있었다

우리는 달구지 뒤를 졸졸 따라 붙다가 매달리기도 하고
운이 좋은 날은 달구지 짐 위에 탈 수도 있었다

할배는 우리를 보고 "너 어느 마실이고?"
사는 동네를 알고 나면 "너 아부지 택호가 뉜고?"
택호를 알고 나면 "넌 몇 행년이고?"
다 묻고 나면 끄덕끄덕, 흔들흔들

달구지 바퀴가 자갈을 뱉는 소리에
늙은 소가 놀라 꼬리를 휘저으면
할배는 껌벅, 눈을 뜨고 "워, 워" 소를 세웠다

초가지붕이 주머니에서 박꽃을 꺼내는 주막 앞에서
우리는 참새처럼 우르르 뛰어내렸다

연리지

뿌리는 각각인데 자라면서

서로에게 반해버렸습니다

뿌리 몰래 가지끼리 서로를 향해

마음을 보내기 시작하였습니다

마음이 가니 몸도 따라 갔습니다

그때부터 뿌리가 눈치를 챘습니다

긴급 상황이라고 뿌리가 신호를 보내면

고개를 젓는 그 방향으로

서로의 살결 깊숙이 스며들었습니다

상처는 상처로 덧대어 봉합하듯

서로를 껴안고 놓지 않았습니다

까치

까치는 집을 지으면 한 해를 산다고 한다
그러나 우리 집 근처 대왕참나무에 둥지를 튼 까치들은
몇 년째 그 자리를 지키고 있다
해마다 집을 보수하며 층을 더해
길쭉한 항아리 모양의 둥지가 되었다
올해 몇 번의 태풍이 그 집을 흔들었지만
나뭇가지 하나 부서지지 않았다

잎사귀에 가려진 요람에서 나온 새끼까치들이
걸음마 연습을 한다
다리를 오그리고 한참 있다가
날개를 펼치고 뛰어 간다

짧은 꼬리와 볼록한 배를 가진 새끼를 둘러싸고
동네 까치들이 한바탕 훈수를 둔다
스스로 날 수 있을 때까지
나무 우듬지를 동서남북 옮겨 다니며
목소리로 손뼉을 치는 두 마리 까치

산나리꽃

산나리꽃을 보러 갔다가
새로 산 신발 한 짝이 찢어졌다
누군가 베어 간 청솔 그루터기가
내 고무신을 물어버렸다

어쩌나, 어머니 아시면 혼내실 텐데
쫓겨 날 수도
코가 벌어진 고무신을 감추고
맨발로 집에 들어서니 아무도 없다

발보다 작은 헌 고무신,
얼마나 견딜 수 있을까
찢어진 흰 고무신에 헝겊을 덧대어
산나리꽃잎을 한 땀 한 땀 수놓아 준 언니
그날 이후 산나리꽃은
마음속에 지지 않는 꽃이 되었다

팥시루떡

팥시루떡을 샀다
'세 팩에 칠천 원, 현금만' 받는 떡집 앞에서
팥시루떡만 세 팩 골라 담았다
검은 비닐봉지 배가 불룩하게 부풀어
묵직한 온기가 손끝에 전해졌다
떡을 들고 오면서 생각했다

결혼 반세기 만에 오직 나만을 위한 떡을 사다니
낯설지만 묘한 해방감이 스쳤다
그가 이유를 만들어 집을 비우지 않았다면
그가 좋아하는 노란 콩고물 인절미 한 팩도 섞여있을 텐데
혼자 먹는 밥보다
혼자 먹는 팥시루떡이 더 마음에 걸린다
그의 빈자리가 떡의 단맛을 삼켜버렸다

붉은 팥고물이 흰 떡을 감싸듯
나도 내 지난날의 상처들을 품어 안는다
서로를 찌른 말들이
팥고물처럼 으깨져 저물어 간다

책탑

잠이 오지 않는 밤에는 책 정리를 한다
오랫동안 한 자리에서
한 곳만 보는 동안
책은 얼마나 박힌 자리를 박차고
빠져나가고 싶어 안달했을까

한번 세워진 책들
정정하지 않는 탑처럼
길이대로 등을 맞대고
점점 깊은 침묵 속으로 길을 낸다

쌓다가 멈춘 책을
옮기고 쌓고 허물며
내 안의 생각들도
하나씩 제 자리를 찾아간다

골똘한 표정의 문장들이
밤마다 언어의 숲을 흔든다

애기똥풀

대문 밖 우편함 계단 틈에
이끼가 돋아 있었다
계단 물청소를 하다가 완강히 버티는
이끼를 밀어내었다
흙을 안고 나간 자리가 움푹 패었다

어느 날 패인 그 자리에
애기똥풀 어린잎이 자라고 있었다
내 눈과 마주치자 잎사귀를 살랑이며
눈을 밀어내었다
조심스레 가지를 뻗는 모습 보며
마음 한 켠이 환해졌다

오고가는 사람들의 눈길이 힘이 되었는지
이제 노란 꽃망울 밀어올릴 태세다
우편함 아래에서
꽃등을 밝히려는 듯
꽃봉오리 안에
봄 햇살을 가득 채운다

질경이

이 동네에는 질경이 천지다

길을 따라오며 길을 덮는다

발자국 아래 시퍼렇게 자꾸 넘친다

이렇게 전투적인 질경이를 본 적 없다

질경이는 밟혀도 아야, 비명을 안으로 삼키고

부스스 일어나 더 힘을 낸다

질경이는 늘 멍 들어있다

그 멍으로 온 동네 길을 점거하고

치마를 펼쳐 소피하는 여자처럼

또 길을 낸다

길을 묻다

조방 앞 이마트 식당가에서
저녁을 먹고 나오니 어둠이 내렸다
출구를 찾으려 주차장을 두 바퀴 돌았다

갈림길에서 방향을 잃었다
현대백화점 앞 버스정류소에 차를 세우고
서면으로 가는 길을 묻는다
버스를 기다리는 사람들에게 외지인처럼

익숙한 서면이 불빛 속에 낯설다
네비게이션도 믿지 못하는 나이
삼십 여년 살아온 부산에서
집으로 가는 길을 잃어버린 남편

가슴이 덜컥 내려앉는다
서면로터리에서 열리는 길
길은 내 안에 있는데
밖에서 길을 묻는다

화전 아지매

아버지 어머니 산소는 의성 봉양에 있다
두 분의 고향이 그곳이기 때문이다
산소를 찾아뵙고 나서 오빠가 말했다
"화전 아지매 집에 들렀다 가자"

늦은 점심때였다
화전 아지매는 마루에서 오빠를 알아보고
"야가 우짠 일이고, 반갑다 어서 들어와" 하시며
맨발로 나오셨다

우리 자매를 보시고는 "보자, 야들이 니 동생이제?" 하신다
어머니께 마음씨도 솜씨도 좋다고
말은 많이 들었지만 생전 처음 뵙는 분

나를 보시고는 "그래, 야가 여기서 나서 이사 갈 때 업고
간 아제?" 하시자
오빠가 맞다고 했다
"그때 이사 간다면서 너거 아부지와 어무이가 야를 업고
여기 왔는데, 빨간 치마를 입고 잘도 뛰어 다니더만"

나의 어린 한 때를 기억해 주시던 화전 아지매는
옛 생각에 목이 메이셨다

보리밥과 상추쌈, 된장, 김치로 한 상 차려주시며
"많이 묵으래이, 촌이다 보이 찬이 없다" 하시던

화전 아지매도 이젠 이 세상 사람이 아니다
한 번 뵙고 다시는 못 뵌 화전 아지매
사람은 가도 마음이 내는 향기는 살아있다

절경

휴대폰 배터리가 방전되자 세상은 캄캄해졌다
빛 한 올 없는 화면 속
무표정한 얼굴이 나를 응시한다

"거기 누구세요?" 묻자
"거기는 누구세요?" 되묻는다
온갖 잡동사니를 나르던 이여
그걸 찾던 이여

건전지 닳아 눈멀고 귀먹으니
멍멍한 허상 사라지고
비로소 살아있는 세상이
절경임을 알겠다

해당화

해당화 꽃 피고
가지에 돋은 가시 눈 시리다
통통한 애가지는 흰 솜털로 휘감겨 있다

해당화는 처음부터 가시로 무장하지는 않았을 것이다
누군가 해당화 앞에 손을 내밀어
꽃잎을 움켜쥐려 했을 때
해당화는 놀라서 소름이 돋았을 것이고
소름이 자라서 가시가 되었으리라

가시에 찔려
피 흘린 자리마다
해당화 피었다

궁금해서

풀잎은 궁금해서 바람 부는 대로 귀를 키우고

나무는 궁금해서 담장 너머를 넘본다

꽃은 궁금해서 자신을 뒤집어 본다

궁금해서 나비는 이 꽃에서 저 꽃으로

군것질을 하고

궁금해서 너에게 편지를 쓴다

냇물도 궁금해서 바다로 향하고

구름도 궁금해서 비를 내린다

궁금해서 돌아가고

궁금해서 태어난다

눈이 내린다

눈이 내린다
나무들이 하늘로 팔을 펼친다
허공을 떠다니는 순백의 얼굴들
누구를 만나려고 하늘 길 달려와서
저리 허둥대는 것일까

슬픔이 도착하기 전에
"먼 길 잠자듯 가야할 텐데
자식 고생 시키지 말아야지"
기도처럼 다짐처럼 늘 하시던 말씀 위로
눈이 내린다

코에서 내려온 줄이
손등에 꽂힌 링거 줄과 소변 줄 뒤엉켜
이 세상 아프고 따뜻하고 서러운 인연 줄
내려놓는 중이라고, 눈이 내린다

지난 가을, 불국사 대웅전 부처님 뵙고
대구행 시외직행버스 안에서
"꽃 피면 꼭 한번 직지사 가보고 싶다"
하시던 말씀 덮으며
눈이 내린다

사물에의 발견

— 홍정숙의 시

윤석산 시인·한양대 명예교수

사물에의 발견
— 홍정숙의 시

윤석산 시인·한양대 명예교수

1

흔히 사물事物이라고 하면, 어떤 가시적可視的인 물체만을 의미한다. 그러나 실은 그렇지 않다. '사물'의 '사事'는 눈에 보이지 않는 것, 다시 말해서 어떠한 일이나 사건 등 그 자체를 의미한다. 이에 비하여 '물物'은 가시적인 물체를 뜻한다. 즉 '사물'이 지닌 진정한 의미는 눈에 보이지 않는 어떠한 일에서부터 눈으로 볼 수 있는 물체까지, 즉 우리의 삶 속에서 만나고 있는 수많은 일들과 물건, 넓게는 이 우주에서 일어나는 모든 일들과 이 우주에 펼쳐 있는 삼라만상森羅萬象 모두를 아우르는 말이 된다.

따라서 시인이 사물을 새롭게 본다는 것은 어떠한 '일'이나 '물체' 모두를 새로운 인식을 갖고 바라보고, 또 해석해 낸다는 의미이다. 이와 같은 면에서 시인에게 있어 가장 중요한 것은 새롭고 또 독자적인 시각을 지니는 것이라고 하겠다. 이를 다른 말로 하면, 자신의 독자적인 눈을 지니고 사물을 새롭게 열어감으로, 그 사물이 지닌, 그 사물만의 독특한 면모를 자신의 시각과 주체적 삶으로 인식하고 또 찾아가는 것을 의미하기도 한다.

홍정숙 시인은 사물에의 새로운 발견을 하기 위하여 부단히 노력하는 시인이다. 우리들 평범한 삶인 일상에 자리하고 있는, 그러므로 손쉽게 놓치기 쉬운 하찮다고 여겨지는 사물에서부터 시인의 아득히 먼 기억 속에 자리하고 있는 지극히 사소한 사건까지 놓치지 않고 자신의 내면으로 끌어들여 만남을 시도하고 있다. 그러므로 그러함 속에서 만나는 다양한 사물들을 세세히 살피고 또 관심의 끈을 놓지 않으며, 늘 그 시각을 유지하고자 노력하는 시인이다. 그런가 하면, 자신 안에 내재하고 있는 삶, 나아가 소중한 추억들을 끄집어내어, 새롭게 읽어냄으로, 이러한 추억을 현재화하고자 노력하고 있는 시인이라고 하겠다.

사물에의 새로운 발견은 다만 발견에 그치는 것이 아니라, 자신의 깊은 내면에 자리하고 있는, 그래서 자신을 움직이는 자신의 삶과 튼실하게 연계되고 있음을 확인하는 길이기도 하다. 그런가 하면, 사물에의 새로운 시각을 부여하고 또 이를 자신의 삶으로 연계하는 것은 다름 아닌 그 사물에게 새로운 생명을 부여하는 길이기도 하다. 그러므로 그 사물을 새롭게 태어나게 하는, 그런 소중한 일이 된다.

이와 같은 의미에서 시를 쓴다는 것은 사물에의 새로운 생명을 불어넣는 길이며, 동시에 새로운 생명으로 태어나게 하는 일이 된다. 즉 시어라는 언어를 통하여 사물을 통하여, 새로운 삶을 창조시키는 위대한 작업이 바로 시 쓰기이다.

홍정숙 시인의 시를 읽어보면, 이와 같은 면을 어렵지 않게 만난다. 우리가 일상에서 사용하고 또 흔히 만나는 하찮은 '연필'에서, 진지하게 우리네 고단한 삶을 열어가기도 하고, 또는 담벼락에 뿌리를 내리고 힘겹게 줄기와 잎사귀를 줄기줄기 펼쳐나가며 살아가는 '담쟁이'로부터 자신을 비롯한, 자신의 조상이 살아온 삶의 지고한 모습, 즉 지고한 가계도家系圖를 읽어내기도 한다.

다음의 시들을 보기로 하자.

백양나무로 만든 연필을 깎는다
모래막이숲에서 나무 한 그루 처형한다
모래바람이 백양나무 잎을 때리는
비명의 중심을 파내려간다

혼돈의 결정체가
천도 이상의 높은 열에 단련을 받고
생각이 형체 없이 녹아내린
캄캄한 막장에 닿는다

비밀의 통로를 채운 숲은 숯처럼 부서진다
울컥, 바람소리를 토하는 모가지를
서늘한 칼날이 지나간다
비스듬히 칼등을 미는 손가락 끝에
나무의 저항이 팽팽하다

>
생은 쓸수록 닳아서
마침내, 몽당연필처럼 버려진다
온몸으로 쓴
지울 수 없는 문장이 난감하다
— 「생은 쓸수록 닳아서」 전문

　우리의 어린 시절 '몽당연필'이 들어 있는 필통을 애지중
지 지니고 학교를 다니지 않은 사람은 아마도 드물 것이다.
그때는 그 만큼 물자가 귀하던 때이기도 하다. 그래서 너나
없이 연필을 더 쓸 수가 없어, 버려야 할 때까지 깎고 깎아,
짤막한 몽당연필이 될 때까지, 우리는 깎아서는 쓰고 또 썼
다. 이런 어린 시절의 '몽당연필'을 떠올리며, 시인은 그 어
린 시절부터 살아오며, 이 세파世波를 힘들게 거쳐 온, 그래
서 닳아버린 자신의 생을 떠올린다. '몽당연필'은 화자가 살
아온 삶의 소중한 모습의 한 상징인 것이다.
　연필이 되기 위해 숲에서 백양나무가 베어지고, 또 이 백
양나무에 천도 이상의 높은 열에 단련을 받아내는, 어쩌면
우리는 숲속의 한 그루 백양나무였었는지도 모른다. 그런
가 하면, 생각이 형체도 없이 녹아내리듯, 우리 모두는 캄
캄한 막장과 같은 생의 한 일면에 닿아 만들어낸, 하나의 검
은 연필심이 우리의 깊은 속으로 박히듯, 우리들 중심에 단
련된 우리의 내면을 담아내며 살아가고 있는지도 모른다.
그러므로 이러함은 나의 소중한 생각을 써내려갈 수 있는
내 삶의 '연필'로 태어나게 된다.
　그래서 나는 나의 소중한 생각과 삶을 기록하기 위하여

'울컥, 바람소리를 토하는 모가지를' 붙들고 '서늘한 칼날로' 연필을 깎듯이, 우리는 우리 스스로의 삶을 아프게 깎아가며 살아가는 것이다. 그러면서 우리는 '비스듬히 칼등을 미는 손가락 끝'으로 '나무의 저항을 팽팽히' 느끼듯이, 삶에의 저항, 세파에의 저항을 실감하며 지금까지 살아온 것이다.

이렇듯 나의 생은 쓰였고, 또 쓰기 위하여 깎이고 깎여 왔다. 그러므로 오늘의 우리 모두 '몽당연필'이 되어 추억의 필통과 같은 좁디좁은 현실 속에 뒹굴어 누워 있는 게 아니겠는가. 그러므로 '온몸으로 쓴 지울 수 없는 문장마냥 우리는 그 난감함' 속에서 우리의 보다 처연한 모습을 확인하는 것이다.

고속도로변 방음벽을 온몸으로 기어가는 담쟁이를 보았다
마디마다 꼬부라진 손가락들이
절벽을 움켜쥐고 떨고 있었다
실금 간 벽 속으로 굳은살 밴 손톱을 디밀고
내일에 닿으려고 안간힘 쓸 때
손톱마다 붉은 심장이 돋아

서로 밀고 당기고 붙고 휘어지며
핏줄처럼 얽힌 길 위에서
바람의 갈기를 휘어잡고
한 뜸 한 뜸 포복으로 살아남은 이유가
가계도가 될 줄을
담쟁이는 알았을까

— 「담쟁이 가계도」부분

이 시는 매우 흥미롭다. 우리 삶의 가계도家系圖는 수많은 고난의 연속이며, 아픈 역사의 축적인지도 모른다. 온갖 소음을 견디며 서 있는 '고속도로변 방음벽을 온몸으로 기어 오르는 담쟁이'는 자신의 생존을 위해 '마디마다 꼬부라진 손가락들이 절벽을 움켜쥐고 또 떨고 있다.' 또한 '실금 간 벽 속으로 굳은살 밴 손톱을 드밀며' 치열하게 기어오르며 살아간다. 그런가 하면, '서로 밀고 당기고 붙고 휘어지며', '바람의 갈기를 휘어잡으며', '한 뜸 한 뜸' 포복을 하듯 힘겹게 살아간다.

우리의 가계도는 이렇듯 형성이 된다. 몇 대조代祖 조상은 나라를 위해 무슨 일을 하셨고, 몇 대조 할아버지는 어떤 일을 하시다 참형斬刑을 당하였고, 할아버지는 독립운동을 하시다 감옥살이를 했고, 하는 등의 우리의 가계도를 우리들은 매우 영광스러운 마음으로 돌아본다. 그러나 이들 우리의 가계를 이룬 영광스러운 조상들의 삶은 마치 담쟁이가 방음벽을 기어오르며, 실금 간 벽 속으로 굳은살 밴 손톱을 드밀며, 또 서로 밀고 당기고 붙고 휘어지며, 한 뜸 한 뜸 포복을 하듯, 그렇게 모두 모두 힘겹게 이루어 놓은 역사인 것이다.

그러므로 시인은 이러한 우리의 가계도를 다음과 같이 처연히 노래한다.

저, 푸른 촉수에서
무한 계보로 뻗어나간 피의 소용돌이를 보아라

항렬도 없이 치열하게 살아 낸 길들이
한 그루 층층나무처럼 바람에 흔들리고 있다
핏줄들이 벽 한 채를 숨결로 어루만져 일가를 이루는 동안

담쟁이는 쓴다,
벽은 절망이 아니라 온몸으로 열어 나가는 생의 함성이다
벽이 끝나는 곳에서
푸른 연대의 본능이 잎과 입 사이를 좁히며 날개를 키울 때
담쟁이는 걸음을 멈춘다
붉게 물든 입술들 훨훨 벗어버리고
얼음의 시간 앞에 선다
먼 기억에서 출발한 떨림으로
모든 핏줄의 문이 열린다
 ─「담쟁이 가계도」 부분

　가계家系는, 아니 인간이 쌓아올린 역사는 어느 의미에서
'무한 계보로 뻗어나간 피의 소용돌이'이며, '온몸으로 열어
나가는 생의 함성'이며, '먼 기억에서 출발한 떨림으로', 그
렇게 이룩된 '모든 핏줄의 문'인 것이다. 고속도로 담장을
기어 올라가는 담쟁이에서 우리의 가계, 아니 우리 인류의
아픈 역사를 읽어내는 시인의 시각은 새로운 것이다. 고속
도로의 소음을 막기 위하여 세운 방음벽에서, 이 방음벽과
함께 힘겹게 살아가는 담쟁이를, 소음을 견디며 힘겹게 펼
쳐나간 우리의 가계도, 나아가 인류의 아픔과 고난이 이룩
한 역사로 읽어내고 있는 데에서 시인의 그 시각을 발견하
게 된다.

2

　홍정숙 시인의 시에서는 나름의 '작은 스토리'를 발견하
게 된다. 시인은 어린 시절 시골에서 살면서 겪은, 종기가
나서, 동네 할배가 놓는, 생각만 하여도 무서운 침으로 종
기를 따던 기억을 떠올린다. 지금은 거의 사라졌지만, 부스
럼과 종기는 우리의 오랜 병病이었다. 오죽하면 지존至尊인
임금님마저도 종기로 인하여 승하昇遐하였으니 말이다. 그
래서 정월대보름에 부름을 깨며 부스럼 없는 한 해가 되기
를 빌기까지 하는 그런 풍습이 생겼겠는가. 특히 우리의 어
린 시절, 전쟁의 끝물이어서, 변변한 약도 없고, 또 지역마
다에는 전염병이 돌고, 그런가 하면, 위생 상태도 좋지를
않아서, 아이들은 온몸 여기저기에 종기나 부스럼을 달고
살았다.
　이렇듯 종기가 나면, 가장 좋은 방법은 침으로 따내는 것
이다. 침으로 따내던, 어린 시절의 아픈 기억을, 톡톡 스펀
지 역할을 하는 '뽁뽁이'를 심심풀이로 터뜨리다가, 문득 떠
올린다. 그리곤 이내 이 아픈 기억은 어린 시절의 어머니,
그 어머니에 대한 사랑, 그리움이 되어 시인에게 다가온다.
아픈 종기와 무서운 침과 어머니의 사랑을 떠올리게 한 '뽁
뽁이'라는 사물은 어린 시절에의 그리움이며, 그리운 어
머니의 사랑인 것이다.

　　가끔 뽁뽁이를 톡톡 터뜨릴 때가 있다
　　어렸을 때 부스럼이 곪아서
　　다리에 말이 서서 잘 걷지 못할 때

어머니는 고름을 짜야 새살이 돋는다고 하셨지만
나는 이명래 고약으로 종기를 달래고 싶었다

모내기 끝난 어느 저녁
저녁을 일찍 드신 뒷집 할배가 마실 오셨다
나무로 만든 안경집을 허리춤에 매단 할배를 보고 어머
니는
"야가 살 깊은데 곪아서 못 걷더네, 침으로 좀 따주이
소" 했다

"그래, 아 좀 붙잡아봐라"
할배는 안경집 뚜껑을 열고
더듬더듬 침을 꺼냈다
정신이 번쩍 든 나는 도망치려 했지만
많은 손에 붙잡혀 억머구리처럼 울부짖으며 버둥거렸다

농익은 종기에 손이 닿자
화산처럼 고름이 터져
어머니 얼굴과 옷에 튀었다
— 「종기」 부분

이러한 어린 시절의 일이 한편의 스토리, 곧 서사敍事 마
냥 펼쳐지며 이 시는 전개된다. 그러나 이는 다만 사건을 펼
치기 위한 서사가 아니라, 시적 표현으로 시 전반에 작용을
한다. 특히 첫 줄인 '가끔 뾱뾱이를 톡톡 터뜨릴 때가 있다,'
는 시적 진술은 이들 서사를 다만 서사로 떨어뜨리지 않고,

아슴푸레한 추억의 서정으로 환치시키고 있다.

아프게 침으로 따고 싶지 않았던 기억, 그러나 '많은 손에 붙잡혀 억머구리처럼 울부짖으며 버둥거려' 보았지만, 농익은 종기를 침으로 따야만 했던, 그러므로 어머니 얼굴과 옷에 튀기던 화산처럼 터져 나오던 고름. 그러나 이는 다만 '아픔이나 무서움'이 아닌, 서정의 옷을 입고 어린 시절의 그리움으로 화자에겐 다가오고 있는 것이다.

> 동그랗게 패인 흉터를 둘러싼
> 어머니의 목소리가 그리울 때면
> 나는 뽁뽁이를 터뜨린다
> 아팠지만, 다시 오지 않는 시간을
> 톡톡 눌러 짜는 날이 있다
> ―「종기」 부분

그래서 시인은 '동그랗게 패인, 지금까지 남아 있는 아픈 추억의 흉터를 둘러싸고 있는 어머니의 목소리가 그리울 때면' 뽁뽁이를 터뜨리곤 한다고 술회한다. 뽁뽁이를 터뜨리며, 다시 오지 않는 그 시간을 그리워하며, 어머니의 사랑을 생각하며 톡톡 눌러 터뜨리고 있는 것이다. 일상의 작은 일에서도 머나먼 사랑의 여행을 떠날 수 있는 힘은 다름 아닌 시인의 시적 상상력인 것이다. 그러므로 이 시적 상상을 통해 사물을 새롭게 볼 수 있는, 그런 눈을 시인은 지니게 되는 것이다.

홍정숙 시인의 「종기」와 같은 유의 서사적인 모습은 어느 의미에서 이 시인의 시적 구조의 특징이 되기도 한다. 특히

이 서사적인 모습은 시인의 어린 시절, 아니면 시인의 기억 속에 자리하고 있는 어떠한 지순한 삶과 만남으로, 단순한 서사의 구조를 뛰어넘어 시적 정서를 불러오는 중요한 기능으로 홍정숙 시인의 시에 자리한다.

다음의 시편들이 이와 같은 모습을 띄고 있는 대표적인 예가 된다.

> 풀잎에 가려진 개미집을 밟았다
> 흙 알갱이 탑이 푹 꺼졌다
> 몸을 동그랗게 말아
> 허공을 더듬는 개미
> 비명과 발버둥이 두근거려 뒷걸음치다가
> 한 기억을 밟았다
>
> 결혼식을 사흘 앞두고
> 갑자기 돌아가신 어머니의 부음
> 꿈이었으면 좋겠다, 꿈이기를
> 무너진 개미집처럼 허둥대며
> 캄캄한 낮을 밟은 날이 있었다
> ─「개미집을 밟다」 전문

오늘 도시에서는 거의 찾을 수 없는 일이지만, 우리의 어린 시절 대부분의 길은 포장이 되어 있지 않았고, 그래서 도농都農을 막론하고 우리는 온통 자연환경 그대로의 마을에서 흙과 함께 살았다. 그래서 심심치 않게 흙에 집을 짓고 사는 개미들을 볼 수가 있었다. 어린 우리들은 이러한 개미집을 흥미롭게 바라보기도 하고, 때로는 빈 유리병에 흙을 담고 개미를 넣어, 개미가 집을 형성하는 모습을 바라보며 개미를 기르기도 하였다.

어린 시절 무심코 길을 걷다 자신도 모르게 개미집을 밟을 때가 있었다. 우리가 잘 알듯이 개미는 땅에 작은 굴을 파고 이곳에서 여왕개미를 중심으로 집단생활을 한다. 개미는 참으로 재미있다. 여왕개미가 사는 방이 따로 있고, 또 부화시킬 알을 보관하는 방이 따로 있고, 일개미들이 사는 방이 따로 있다.

이러한 개미들의 삶을 자세히 들여다보면, 일개미들은 참으로 부지런하고, 또 그 삶 자체가 매우 질서 정연하다. 작은 먹잇감을 입에 물고, 한 줄로 열을 맞추며 차례차례 순번을 지키며, 자신들의 집인 구멍 속으로 드나들고 있음을 볼 수 있다. 그러나 잘못하여 개미집을 밟으면, 개미들은 날벼락을 맞은, 그런 모양이 된다. 그래서 개미들이 놀라 온통 집밖으로 기어 나오고, 지금까지의 그 질서 정연했던 대오隊伍는 무너지고, 그래서 허둥대고 있음을 우리는 완연히 볼 수가 있다.

어린 시절 홍정숙 시인은 이런 개미들을 보며, 개미들이 청천벽력의 날벼락에 얼마나 놀랐을까 하며, 비록 미물微物이지만, 갑자기 삶의 터전이 짓밟힌 그래서 허둥대는 그 개미들에 대한 연민, 안타까움 등의 기억을 간직하고 있다.

이러한 유년에의 기억을 홍정숙 시인은 자신의 결혼식 사흘 전에 갑자기 돌아가신 어머니의 부음訃音을 접하고는 다시 떠올린다. 즉 이 작품에는 개미집에 대한 서사와 결혼 사흘을 앞 둔 어머니의 부음이라는 또 다른 서사가 만남으로,

'갑자기 닥친 불행의 순간, 그리고 그 아픔, 슬픔' 이라는 정
서를 불러 모으고 있다. 개미들이 당한 환란, 그로 인한 당
황스러움, 아픔 슬픔들이 다만 어린 시절 개미들의 일에서
끝나는 것이 아니라, 결혼 사흘을 앞 둔 시기, 갑작스러운
어머니의 부음이라는 자신의 아픔, 슬픔, 당황스러움으로
환치되고 있음을 볼 수가 있다.

서로 다른 사건의 두 서사가 시의 중요한 골격을 이루며
전개되고 있지만, 시가 다만 서사적인 전개로 끝나지 않고,
아픔, 슬픔, 그리움 등의 시적 정서로 환치되며, 시를 읽는
독자들로 하여금 새로운 감흥을 만나게 한다.

3

홍정숙 시인의 시들에는 어떠한 '터득의 순간'들이 담겨
있다. '터득'은 삶의 새로운 경지를 깨달아 가는 모습이기도
하다. 어느 의미에서 '시'는 사물에의 새로운 터득이 아닌가
생각된다. 새로운 터득 없이 사물을 새롭게 볼 수 없는 것이
요, 새로운 삶을 열어 갈 수 없는 일이기 때문이다.

다음과 같은 시들을 보기로 하자.

휴대폰 배터리가 방전되자 세상은 캄캄해졌다
빛 한 올 없는 화면 속
무표정한 얼굴이 나를 응시한다

"거기 누구세요?" 묻자

"거기는 누구세요?" 되묻는다
온갖 잡동사니를 나르던 이여
그걸 찾던 이여

건전지 닳아 눈멀고 귀먹으니
멍멍한 허상 사라지고
비로소 살아있는 세상이
절경임을 알겠다
　　　―「절경」 전문

　오늘이라는 이 시대는 어느 의미에서 휴대전화의 시대라
고 말할 수 있다. 우리의 어린 시절 웬 만한 부잣집이 아니
면, 전화가 없었다. 그러나 지금은 모두 손에, 손에 전화기
를 들고 다닌다. 그런가 하면, 전화기는 단순히 전화를 걸
고 받는다는 통신의 기능만이 아니라, 이 세상의 모든 것과
소통하는, 우리 생활에 매우 중요한 무엇이 되고 있다.
　이런 전화에 배터리가 방전되어 전화기가 꺼져버린다.
그러면 이내 세상과 소통하는 모든 길이 막히고, 그래서
참으로 막막한 어둠과 같은 현실을 만나고 만다. 그러므로
'빛 한 올 없는 화면 속'에서 '무표정한 얼굴'을 우리는 만나
야만 하고, 다만 나를 응시하는 표정 없는 현실을 만나야만
한다.
　그러나 우리가 눈을 감으면, 그래서 세상의 다기多岐한 현
실을 보지 않는다면, 그 닫아버린 눈을 통하여 더 밝고 넓은
내면의 세계를 만날 수 있듯이, 건전지 닳아 눈멀고 귀먹으
니 멍멍했던 허상은 사라지고, 비로소 살아있는 이 세상이

절경임을 마음으로 터득하게 된다. 이 시는 너무나 편리해
진 현대의 삶을 잠시 뒤로 하고, 현상이 아닌, 우리의 내면
에 귀기울이는 것이 어쩌면 더 소중한 삶이 됨을 매우 역설
적으로 노래하고 있다.

꽃벌은 저물녘 문을 여는
분꽃 살내음에 이끌렸다
긴 목선을 따라
노란별 흩뿌린 향의 길을 더듬어
향기로 짠 방에 닿았다

꽃방은 창이 없고
진분홍 치맛자락이 하늘을 닫고 있었다
꽃벌은 날개대신 부드러운 솜털로
분꽃 향을 찍어 사랑을 버무리다가
그만 오므린 향주머니를 터뜨리고 말았다

꽃벌은 향기에 취해
아름다운 감옥을 가졌다
　　　　—「아름다운 감옥」전문

　분꽃은 여름에 피는 꽃이다. 특히 해질 저녁녘에 핀다.
그래서 시계가 없던 옛날에는 분꽃 피는 모습을 보고는 주
부들이 저녁밥을 지으러 부엌으로 갔다고 한다. 시골살이
를 한 사람들은 대략 이와 같은 사정을 안다. 저물녘 피는
분꽃 내음에 이끌려 벌은 분꽃 안으로 들어갔다. 마치 여인

이 저녁밥을 짓기 위하여 부엌문을 열고 들어가듯이. 그러나 꽃벌은 이내 분꽃 향기에 취하여 이곳저곳을 누비다가, 그만 짙은 향주머니를 터뜨리고, 마침내는 향기에 취해 아름다운 감옥에 갇혀버리고 만다.

우리의 그 옛날 부엌은 아녀자들이 갇혀 사는 '아름다운 감옥'이었다. 한 생애를 마칠 때까지 끝내 헤어나지 못하는 '아름다운 감옥'. 주부들이 자신의 소중한 가족을 위하여 조석朝夕을 짓는 그 일을, 결코 고단한 것만 아니라, 보람된 일임을 시인은 이렇듯 아름답게 승화시키고 있는 것이다.

또한 이 시에서 쓰인 언어들이 매우 재미있다. '꽃벌', '꽃방' 등, 때로는 신조어新造語의 단어들이 있는가 하면, '분꽃 살내음', '향기로 짠 방' 등의 매우 섬세한 언어의 직조에 의하여 이룩된 시적 문장들을 만날 수가 있는 시이다. 이러한 언어에 대한 과감한 조어造語는 자칫 시를 엉뚱하게 몰고 갈 위험성은 있지만, 이 시에서는 이런 범주를 결코 넘지 않고 있다. 또한 섬세한 언어의 직조를 통해 이룩하는 시적 표현은 '분꽃'을, 아니 아낙네들이 숙명과 같이 받아들이며 지내야 하는 '부엌'을 '꽃벌을 가두는 아름다운 감옥'으로 새롭게 탄생시키고 있는 것이다.

다음의 시 역시 이와 같은 모습을 보여주고 있다.

소똥구리 한 마리,
소똥을 굴리며 간다
코끼리 발자국에 빠져
물구나무 선 갈퀴손, 뒹굴며

>
마사이마라 평원에
비 내린다
소똥이 풀뿌리에 주저앉는다
엉덩이 높이 쳐들고
다시 모으는 저 본능,

서로 나누고, 갈라서는 오늘
소똥구리 한 마리
누더기 지구를
온몸으로 밀고 간다
—「소똥구리」전문

오늘 지구는, 이 지구상을 살아가는 사람들은 서로 나뉘어 싸우고, 그 싸움의 혼돈 속에서 갈등하며, 분열하며, 그래서 힘든 삶을 살아간다. 이러한 분열과 갈등, 그리고 전쟁의 가장 궁극적인 원인은 다름 아닌, 자신의 이익만 소중하다는 생각에 의한 것이라고 하겠다. 그러므로 지구는 지금 누더기 지구이다. 소똥구리 한 마리가 밀고 가는 누더기, 이가 바로 오늘 지구의 모습이다.

그러나 지구는 돌아가야만 한다. '코끼리 발자국에 빠져' 허우적거리며, '물구나무 선 갈퀴손, 뒹굴며' 소똥구리가 소똥구리 집을 밀며 굴려가듯, 지구는 돌아가야 한다. 비가 내리고 그래서 풀뿌리에 주저앉아도, 엉덩이를 높이 쳐들고 온힘을 다 해 온 몸으로 밀고나가야 한다. 비록 서로 나누고, 갈라서더라도, 그 누더기의 지구 밀고 나가야 한다.

그래서 우리는 우리의 소중한 지구를, 소중한 삶을 소중하게 이끌어 나가야 한다.

이 작품은 오늘 우리가 겪고 또 풀어가야 하는 막중한 일은 작은 미물微物인 소똥구리의 삶 속에서 발견하고, 이를 차분하지만, 매우 결연한 목소리로 노래한 시이다.

이러한 사물에의 발견, 나아가 새로운 생명을 부여하는 것은 시 쓰기에 있어 매우 소중한 무엇이 된다. 몽당연필에서 모진 세파를 견디면서 살아온 자신의 모습을, 방음벽 담쟁이에서 힘들게 이룩한 가계도家系圖를, 분꽃으로 날아드는 벌에서 주부의 모습을, 소똥구리에서 누더기 같이 된 지구의 모습을 읽어내는 시인의 눈은 소중하다. 그러므로 새로운 사물로 태어나게 하는 시인의 힘을 참으로 장대하다 하겠다.

홍정숙

홍정숙 시인은 경북 의성에서 출생하여 군위와 대구에서 성장했
다. 『죽순竹筍』(신동집 시인의 추천, 1984년)으로 등단했다. 동아대학교
대학원에서 문학석사 학위를 받았고, 국제펜클럽 한국본부, 한국
문인협회, 한국시인협회, 한국여성문학인회, 한국가톨릭문인협
회, 부산여류문인협회 회장을 역임했다. 문예시대작가상 본상수
상, 전국성호문학상 대상 등을 수상했다. 시집으로는『초행길』,
『햇살이 바람에게』, 『풀씨』, 『산이 울었다』, 『물방울 목걸이』, 『어
느 날 문득』, 『허공에 발 벗고 사는 새처럼』 있고 시선집『연잎 찻
잔』이 있다.

홍정숙 시인은 사물에의 새로운 발견을 하기 위하여 부단히 노력
하는 시인이다. 우리들 평범한 삶인 일상에 자리하고 있는, 그러
므로 손쉽게 놓치기 쉬운 하찮다고 여겨지는 사물에서부터 시인
의 아득히 먼 기억 속에 자리하고 있는 지극히 사소한 사건까지 놓
치지 않고 자신의 내면으로 끌어들여 만남을 시도하고 있다.

이메일 hongjsuk@hanmail.net

홍정숙 시집
푸른 음표 하나 바람이 될 때

발　　행　　2025년 5월 30일
지 은 이　　홍정숙
펴 낸 이　　반송림
편집디자인　반송림
펴 낸 곳　　도서출판 지혜, 계간시전문지 애지
기획위원　　반경환
주　　소　　34624 대전광역시 동구 태전로 57, 2층 도서출판 지혜
전　　화　　042-625-1140
팩　　스　　042-627-1140
전자우편　　eji@ji-hye.com
　　　　　　ejisarang@hanmail.net
애지카페　　cafe.daum.net/ejiliterature

ISBN　　　979-11-5728-571-6　03810
값　　　　 12,000원